¡Corre, Nicolás, corre!

Texto de Gilles Tibo

Ilustrado por Bruno St-Aubin

Traducido por Alberto Jiménez Rioja

LECTORUM
PUBLICATIONS, INC.
a subsidiary of Scholastic Inc.
New York

¡CORRE, NICOLÁS, CORRE!

Library of Congress Cataloging-in-Publication Data is available.

ISBN 978-1-933032-57-3

Printed in Canada

10 9 8 7 6 5 4 3 2 1

Fuentes mixtas
Grupo de producto de bosques bien
gestionados y otras fuentes controladas
www.fsc.org Cert no. SGS-COC-003098
© 1996 Forest Stewardship Council
FSC

Para Marie-Jane,
que descubre los placeres de la lectura
Gilles Tibo

A Claude y Antoine
Bruno St-Aubin

Cuando salgo del colegio veo a mamá
que pasea impaciente por la acera.

Al verme, grita:

–¡Corre, Nicolás, corre!

¡Si no, llegaremos tarde!

No me da tiempo a preguntar nada. Me agarra de la mano y me arrastra tras ella. Atravesamos una, dos, tres calles.

Sin aliento, mamá se detiene ante una pequeña casa.

¡Ding dong! ¡Ding dong!

Aprieta el timbre una y otra vez, hasta que se abre la puerta.

Me encuentro frente a una amable señorita que me dice:

-¡Buenas tardes, Nicolás! ¡Bienvenido a tu primera lección de violín!

Hoy te voy a enseñar cómo se agarra el arco, y la escala de Do.

7

Cuando la lección de violín termina, mamá se precipita
a salir de la casa.

−¡Corre, Nicolás, corre! ¡Si no, llegaremos tarde!

A toda prisa me arrastra hasta un gran edificio. Entramos en un gimnasio. Un señor, completamente vestido de blanco, me saluda:

—¡Buenas tardes, Nicolás! Soy Bill Wong. ¡Bienvenido a tu primera lección de karate! Hoy aprenderás a anudarte el cinto.

En cuanto termina la clase de karate, salimos a la calle y mamá me dice:

-¡Corre, Nicolás, corre! ¡Si no, llegaremos tarde!

Tengo hambre y sed. Mamá, que lo prevé todo, abre su gran bolso y a toda prisa comemos sándwiches de jamón y queso, bebemos limonada y terminamos nuestra merienda con unos ricos bombones.

11

Mientras termino de comer, mamá ha entrado en un edificio.
Aprieta el botón del ascensor, consulta el reloj, se impacienta,
y me indica que suba por la escalera.

—¡Corre, Nicolás, corre! ¡Si no, llegaremos tarde!

Subimos hasta el décimo piso y, sin aliento, entramos finalmente en un
taller. Se acerca una señora.

—¡Buenas tardes, Nicolás! ¡Bienvenido a tu primera lección de escultura! ¡Siéntate!

En cuanto la clase de escultura termina, mamá grita:

-¡Corre, Nicolás, corre! ¡Si no, llegaremos tarde!

A toda prisa me lleva por las calles. En un abrir y cerrar de ojos me encuentro en traje de baño y con un horrible gorro de goma en la cabeza. ¡Me tiro al agua fría e intento flotar durante más de una hora!

Y hoy, ¡es sólo el lunes!

El martes, papá toma el relevo. En cuanto termina el colegio, me dice:

–¡Corre, Nicolás, corre! ¡Si no, llegaremos tarde!

Me acompaña a una lección de judo en el gimnasio Rudo, a tocar trompeta con la señorita Enriqueta, a un curso de drama con el señor Rama y a una lección de patinaje artístico con la señorita Michiko.

El miércoles viene la abuela a esperarme a la salida del colegio.

–¡Corre, Nicolás, corre! ¡Si no, llegaremos tarde!

Me acompaña a un curso de cerámica asiática, a una clase de canto de Lepanto, a un curso de artesanía para los de la edad mía, a un curso de claqué con la señorita Raquel...

El viernes, mi mamá, triunfante, me lleva a clases de astronomía, de fotografía, de anatomía, de geología...

23

¡Hoy es sábado! Mis papás, muy sonrientes, nos acompañan
a mi hermana y a mí a una clase práctica de informática,
a clases de guitarra eléctrica y a un curso de cómo cazar mosquitos,
parte teorética.

24

Llega por fin el domingo... pero es imposible descansar.
Papá ha alquilado doce películas educativas que nos obliga a ver.

Y el lunes, ¡empieza todo de nuevo! ¡Violín! ¡Karate!
¡Escultura! ¡Natación sincronizada! Y así continúa el martes,
el miércoles, el jueves, el viernes, el sábado, el domingo...

Después de dos semanas a este ritmo estoy cansadísimo... después de tres semanas estoy hecho polvo... ¡después de cuatro semanas, me encuentro total y completamente agotado!

Pálido, con ojeras, tengo dificultades para levantarme, para comer, para respirar... caigo enfermo con mucha, pero que mucha fiebre.

Tumbado en mi cama, descanso un día entero, dos días, tres. Mis papás me abrazan, me arropan, me cuidan...

Cuando me repongo, vienen los dos a sentarse en el borde de mi cama. Mamá, acariciándome el pelo, me dice:

–Nicolás, creo que quizás nos hemos pasado un poco...

–Sí –añade papá–. Todo este corre-corre ha sido verdaderamente excesivo para ti...

¡A partir de mañana, serán los maestros los que vengan a casa!

32